이기호 제4시집

안성 남사당 바우덕이

한누리미디어

국립중앙도서관 출판시도서목록(CIP)

안성 남사당 바우덕이 : 이기호 제4시집 / 지은이 : 이기호.
-- 서울 : 한누리미디어, 2009
p. ; cm

ISBN 978-89-7969-333-1 03810 : ₩7000

한국 현대시[韓國 現代詩]

811.6-KDC4
895.714-DDC21 CIP2009000516

책을 내면서

시인이 시집을 낸다는 것은 보람도 있는 일이면서 설레임도 있는 것입니다. 그러나 주저하지 않고 독자 제현님께 이 글을 올립니다. 이 시집이 내 손을 떠나 독자님께서 잘 읽을 수 있어야 하는데 어떻게 하면 좋을까? 고심 끝에 이 책을 독자가 쉽게 읽을 수 있도록 시어나 고사성어, 어려운 낱말과 관련성이 있는 내용은 주서를 달아 이해를 돕도록 하였습니다.

제4시집 《안성 남사당 바우덕이》를 세상에 내어놓는다고 생각하니 참으로 기쁘기 그지없습니다.

제1부로 구상한 내용은 우리의 전통 모과차를 비롯하여 오미자차 등 한방 약효가 뛰어난 각종 차 20가지를 이미지화 하였습니다. 우리 한국인의 생활 속에 오랜 세월 동안 기여해 온 각종 차를 현대시로써 형상화시키고자 했습니다. 우리는 일상생활에 있어서 차를 자주 마시지만 과연 내 몸에는 어느 차가 좋은지 도움을 드리고자 했습니다. 손님 접대를 할 때 차 대접을 하다 보면 차 주문도 다 다릅니다. 차는 기호식품입니다. 다시 말하면 그날 기분에 따라서 마시는 것이 아니고 현재 자기의 몸에 적합한 차를 마시는 것이 현명한 방법이라고 생각이 듭니다. 어느 차가 내 몸에 좋은가 알고 차를 마시는 것이 좋을 것 같아서 차에 관한 글을 담아 보았습니다.

제2부 내용은 〈장독대〉, 〈어머니 심부름〉, 〈안성 남사당 바우덕이〉 등 20편으로 우리 농촌의 소박한 삶의 풍정이나 고향의 향수에 젖어 보았던 것을 글로써 형상화한 것들을 모았으며, 고향과 부모님을 그리워하는 내용들을 활짝 열어 보았습니다.

제3부 내용은 〈시아버지의 마음〉, 〈한 우물〉 등 23편을 모았는데 우리의 삶에 있어서 평소 알면서 실천에 옮겨 보지 못한 것들이나 내 삶에 있어서 좋았던 부분을 글로써 형상화한 것들입니다.

제4부는 〈등불〉, 〈해설사의 고충〉 등 25편을 자연인의 한 사람으로서, 문화관광해설사의 한 사람으로서 자연을 노래한 것들로 담았습니다.

한국 문단을 이끄시느라 매우 바쁘신 중에서도 저의 글을 보시고 작품 평론을 해주신 일본 센슈대 국문과 시문학박사이시며, 한국외국어대 한국시 담당 교수이신 홍윤기 박사님께 심심한 감사의 말씀을 올립니다. 특히 표제시 〈안성 남사당 바우덕이〉는 안성시립 남사당 바우덕이 풍물단 단무장 류정석 님께서 감수를 해주셨기에 깊은 감사를 드리며, 시집 발간에 애써주신 한누리미디어 김재엽 사장님께도 감사드립니다.

끝으로 독자 제현님께 삼락이 항상 있으시기를 기원드립니다.

2008년 12월 30일

서당 이기호 배상

차례 · 안성 남사당 바우덕이

제1부 | 차

차례 · 안성 남사당 바우덕이

제2부 | 장독대

차례 · 안성 남사당 바우덕이

제3부 | 시아버지의 마음

차례 · 안성 남사당 바우덕이

제4부 | 해설사의 고충

제1부 | 차

모과차

강쇠바람 불어도
떨어지지 않는
그 끈기가 참 좋다

네 살은 단단하고
얼굴 쭈글쭈글
울퉁불퉁 못 생겼다

노랗게 익으면
바구니에 담아
자동차 안이나
거실에 놓아두면
은은한 향기 상쾌하다

신맛이 나서
맛이 없다 하나
신경통에 좋은
모과차를 마신다.

오미자차

올망졸망한
빨간 구슬
매달려 있다

타오르는
붉은 열매는
내 눈을 불태운다

다섯 가지 맛
시고 쓰고 달고
맵고 짠맛을 마신다

기억력 감퇴
시력 감퇴
천식에 좋아 마신다.

* 당뇨병에 좋다.

레몬차

봄기운이 완연한 날
고운 빛깔의
향과 맛이 깊어진다

세균에 저항력 높아
모세혈관을 튼튼하게 하고
성인병 예방에 좋은
레몬의 향기 젖어 본다

나른한 봄날
강한 산미는
나의 생기를 찾아준다

푸성귀처럼 푸르고
늘 싱싱한
마음의 방주인으로
새콤 상큼 달콤한 맛을 마신다.

* 감기 예방에 좋다.

생강차

겨우내 생강차도
어우러지는
차로 빼놓을 수 없다

고뿔이 들면
생강차 한 잔
먹는 것도 참 좋다

더위 주고
식욕증진
혈액순환을 촉진한다

숙취해소에 그만이다

매콤한 맛
그 향기가 살갑다.

* 저혈압에 좋다.

솔잎차

불로장생 선약으로
쌉쌀한 솔잎 향
차 한 잔 맛
입안 개운하다

철분이 풍부하며
피를 맑게 해 주고
빈혈에 좋고
몸에 쌓인
담배 독 제거
효능이 탁월하다

혈관 질환에
효과 있으며
숙취 제거
신경통에 효과 있다

감기 예방과 치료에
도움이 되고
산뜻한 솔향이 좋다.

* 고혈압, 중풍에 효능, 1~2년간 장기복용에 효과가 있다.
* 아침에 일어나면 온 몸이 찌뿌듯하고 머리가 띵하고 지끈지끈하고 스트레스를 많이 받고 쉽게 피로를 느끼는 사람에게 좋다.

계피차

허약한 체질
허리 무릎이 아픈 사람
여드름에 계피가 좋다

소화기능이 약해
찬 것을 먹으면
배가 아픈 사람에게 좋다

따스한 성질 갖고
몸 속에 뭉쳐 있는
냉기를 풀어 주어 좋다

입 냄새가 날 때
양치질하면 좋고
독특한 향기가 좋다.

* 음식의 향료로 사용. 약과, 약식, 단자, 주악, 수정과 등
* 화와 열이 많은 분 좋지 않다.
* 순환기질환에 좋은 차.

황기차

전신이 땀나 어지럽고
탈진으로 기가 허하여
기력이 없을 때 황기다

땀의 양을 조절하고
오줌 잘 나오게 하며
당뇨병의 치료 약재이다

피부를 튼튼히 하고
고름을 배출하며
부기를 가라앉히어
새살이 돋게 한다

혈액순환을
왕성하게 도우니
미용 다이어트
뭐니 뭐니 해도 좋다.

* 만성설사에 좋다.
* 신경이 날카로운 사람에게는 좋지 않다고 한다.

둥굴레차

정력과 피부 미용에
둥굴레차가 있다

노화방지 변비에
탁월한 효과가 있다

간 기능 장애에도
효능이 뛰어나다

신선초라 불리는
구수한 맛과 향이 좋다.

* 노화를 억제하고 기운을 북돋아 준다. 많은 다이어트 후 기운이 약해진 사람, 항상 다이어트로 기운이 없는 사람, 먹어도 항상 허기를 느끼는 사람에게 좋다.

맥문동차

콜록콜록 마른기침
날 때 그만이다

폐를 윤기 있게 하고
진액을 생성하여 준다

심장의 열 내려주고
위장을 좋게 한다

마음이 번조하여
잠이 오지 않을 때 좋다.

* 번조 : 마음이 답답하고 체온이 높은 증세를 이르는 말.
* 폐를 튼튼하게 하고 원기를 돋우며 겨울철 체력을 증진시켜 주고 기침과 천식을 예방하는 데 좋다.

보리차

일상적으로 마시는
물 같은 보리차다

소화 촉진 갈증 해소
해열하는 데 복용된다

보리차를 즐겨 마시면
가슴이 시원해진다

여름에 체력이 약해
더위를 탈 때 좋고
구수한 맛이 있다.

* 소화촉진, 갈증해소, 가슴이 답답한 증상의 해소에 효과 있다.

우롱차

지방대사
기능 높이는
다이어트
황금기 누렸던 차다

카페인이나
타닌산이 있어
피로 회복과
소화 촉진에 도움 된다

장기간 섭취하면
노화현상 예방
아토피성 피부염에 좋다

폴리페놀의
함유량이 많아
기미 · 주름
예방에 효과 있어 좋다.

*타닌산 : 나무 껍질이나 가지, 뿌리, 열매 같은 데 들어 있는 떫은 성분을 뽑아내어 얻는 물질.

구기자차

오장의 사기(邪氣)를 없애고
근골이 튼튼해지며
눈을 맑게 하고
정신신경을 안정시켜 준다

추위 더위를 이기게 하고
술을 즐겨 먹는 사람
직장인들에게는
집중력을 높여 준다

신장, 폐와 호흡기능을
원활하게 해주며
정신적인 스트레스
받는 분에게 참 좋다

장기간 복용하면
윤기 있는 피부로
장수에 도움되니 좋다.

* 주의 : 감기, 설사를 자주하는 사람.
* 오장의 사기(邪氣)를 없애고 소갈과 전신마비, 풍습(風濕)을 다스리며 오래 먹으면 근골이 튼튼해지고 몸이 가볍고 좋다.

다시마차

포도당이 혈액 속에
침투를 지연시키고
소화 흡수를 도와
혈당을 내려 주어
고혈압 예방에 좋다

갑상선 호르몬의
요드가
질환을 예방하고
뒷머리가
뻣뻣한 분에게 좋다

마그네슘
뼈를 튼튼하게 하고
알긴산은
변비를 해결하며
대장암 예방에 좋다

산모에겐 젖이
부족할 때 좋고
황갈색에 맛이 짜다.

* 강장 항암작용을 하며 동맥경화 예방, 이뇨 변비 고혈압 간장병에 효과가 있다.

감잎차

만성질환에 좋은
자연 식품이다

콜라겐은
몸을 튼튼하게 한다

이뇨작용
동맥경화
혈압, 신장병의
면역력 강화에
효과가 있다

비타민 섭취나
칼슘이 많아
임산부나
어린이에게 좋다.

* 고혈압 · 동맥경화 예방에 좋은 차.
* 고혈압 환자가 오래 복용하면 혈압이 내리고 당뇨에 갈증이 있어 물을 계속 찾는 경우에도 효능이 있다.
* 이뇨(利尿) : 오줌을 잘 나오게 함.
* 콜라겐 : 섬유성 단백질의 일종으로 세포와 세포 사이를 연결하는 역할을 한다.

대추차

붉은 색깔이 있는
대추차를 마신다

단맛을 내는 것은
허약한 몸을 보호하고
인체의 진정제 역할과
진경작용을 하여 준다

짜증이나 우울증
불면증에 좋은 차다

얼굴 빛을 좋게 해주며
부드러운 피부를 갖는 데
좋은 대추차를 마신다.

* 산모의 젖이 부족할 때 좋다.
* 헛배가 부르고 먹지 않아도 속이 찬 느낌이 있는 사람은 먹지 않는 것이 좋다. 한 번에 먹는 양이 10개 이하로 한정하는 것이 안전하다.

율무차

각종의 영양소가 있어
체력을 튼튼하게 하고
머리를 맑게 해 준다

해독작용을 하여 주고
몸 안 습한 기운을
제거하여 주어서
다이어트에 도움 준다

위장을 튼튼하게 하고
부기를 가라앉혀 주며
설사를 멈추게 한다

변비 있는 증상이나
몸이 붓는 증상이나
불면증에 좋은 차다.

* 피부노화 방지에 좋다.
* 물만 먹어도 살이 찌는 사람에게 좋은 차

녹차

나른한 날
녹차 한 잔 마시면
근심 사라지는 것

호흡기 질환
입 냄새 제거
피로 회복에 좋은 것

혈압을 낮출 때
스트레스 해소에
술독 제거에 좋은 것

카페인을 억제하는
성분이 있어
녹차를 즐겨 마신다.

* 몸속의 독을 제거하여, 피부를 맑게 하고, 몸속의 나쁜 피를 정화하는 능력이 있다.

결명자차(決明子茶)

속이 더부룩하고
트림이 난다
소화불량에 좋은 것

시력을 증진시키는
효능이 있는
가성근시에 좋은 것

혈압을 내려 주고
현기 증세에 좋으며
만성변비에 좋은 것

간장, 신장을 보호하고
가슴이 답답한 증세나
부종에 좋은 차다.

* 가성근시 : 섬모체근(纖毛體筋)이 긴장하고 수정체를 두껍게 조절하는 시간이 길어져 근시와 같은 상태가 된 굴절성 근시. 책을 너무 가까이서 보거나 하여 생기는데 적절한 조치에 의하여 회복된다.
* 부종 : 몸이 붓는 증상.

칡차

어린 새순은
나물로 먹기도 하고
쌀과 섞어 칡밥을
지어서도 먹는다

칡뿌리는
이소플라본 화합물은
진경작용이 있다

다이어트 제 성분이나
대사기능 부전증이나
심장의 혈관을
확장시키는 데
치료효과가 있다

양기를 돋우는데
효험이 있으며
땀을 나게 하고
열을 내리는
약으로 쓰고 있다

목안이 마르고
머리가 아픈데
편도선염
당뇨병 어혈이나
상처를 낫게 하는 데
약으로 쓰고 있다

보랏빛이 감도는
연한 검정색
달콤 쌉싸레한 맛이 있다.

* 이소플라본(isoflavone) : 콩에 포함되어 있는 폴리페놀의 일종으로 특히 배아부분에 많이 함유되어 있다. 체내에서 대사되어 갱년기 장애, 골다공증, 고혈압, 동백경화의 예방 등에 효과가 있다.
* 진경작용 : 성질은 차고 맞은 달며 소염 · 통리작용(通利作用) 성질은 따뜻하고 홍분 · 강심 · 진경제.
* 어혈(瘀血) : 타박상 따위로 살 속에 피가 맺힘. 혈액의 흐름이 막혀서 경맥(硬脈) 내에 머물러 있거나 혈액이 경맥 바깥으로…….

쑥차

공기 중 냄새나는
이물질을 흡수하는
성질이 강하여
황달과 위장병에 좋다

무기질이나
비타민이 많아
눈을 밝게 하여 주고
피부를 튼튼하게 하며
병에 면역효과가 있다

독특한 냄새 성분이
우리 몸에서는
유익한 역할을 한다

쑥은 독이 없고
자궁을 따뜻하게 해주어
부인병에 좋고
자식 낳는 데 도움을 준다

속을 덥게 하고
냉을 쫓아 주며
기혈을 다스리고
출혈을 멎게 하여 좋다.

* 인진쑥을 너무 오래 먹으면 시력이 나빠지므로 조심해야 한다.
* 쑥 : 3월 쑥이 가장 좋다.

제2부 | 장독대

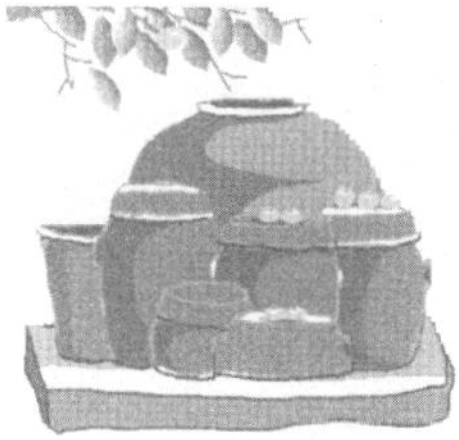

어머니 심부름

어머니
부르시어 갔더니
장을 보고
오라 하시네

갈치, 미역
잘 살펴보고
사오라 하시네

심만의족하신지
웃음지시더니
너 내일 생일이야
잘 먹자 하시네

어머니는
신학삼덕의 마음
함박웃음 그윽하구나.

* 심만의족(心滿意足) : 마음에 흡족함.
* 신학삼덕(神學三德) : 기독교에서 이르는 믿음 · 소망 · 사랑.

고향의 아름

청솔가지 때시는
어머니의 눈물
고향의 그리움입니다

구름 그늘 가린 듯
보일 듯 말듯
자욱한 연기 속에
어머니 불 지피고 계셨다

사는 정 듬뿍 담긴
고향 집 뜰에는
잡초만이 우거져
떠돌이 바람 불고 있다

부모님 계시는 곳
아득하고 먼 고향 땅
아름아름하여라.

* 아름아름 : 애틋하고 아련히 기억되는.

농심의 아픔

안성 시내 나들이
즐기던 사람들
음산한 날씨에
발걸음이 빨라진다

찬바람 불고 있다
아이 추워 추워라
행인들 야단법석이다

천둥 울음 소리
우박이 쏟아진다
농작물 잎들이
찢어지고 구멍이 났다

어찌 지은 작물인데
농심의 아픔이어라.

안성 남사당 바우덕이

안성의 강변
조선 말기 삼남지역
보부상 찾는 안성장
복원한 남사당 바우덕이
구경꾼을 모으는
태평소의 소리
굿거리장단에
맞추어 춤추고 있다

뚱따당~ 뚱따~
뚱따다다다~
24명 한 조를 이루어
원을 그려 가다가
자진장단으로 바꾸면
원 밖을 향해 돌아서서
고개 숙여 인사한다

깨갱~ 깽깽 징~ 징~
덩더꿍~ 덩더꿍~
뚜가닥 뚜가닥 둥. 두~

무동놀이요
깨갱~ 깽깽 징~ 징~
덩더꿍~ 덩더꿍~
뚜가닥 뚜가닥 둥. 두~
소고놀이며
덩더꿍~ 덩더꿍~
설장구놀이
어린 아이 어깨 위에
태우고 노는
기예 무동놀이다

단무동, 맞무동, 삼무동
오무동, 칠무동 놀이다
북상모, 채상모는
왼편에 두 바퀴
오른편에 두 바퀴씩
교대로 상모를 돌리고
12두발의 상모는
발 사이로 돌아가고
무동이는 춤추며

재주를 부린다

덩더꿍이 장단의 서곡이
3분 계속되다가
버나잡이와 매호 씨가
매화타령을 부른 다음
먹을 것도 없으니
대접이나 돌려보자
덩더꿍~ 덩더꿍~ 따딱
버나잡이가
주고받는 놀이
양좌우치기
단발령 넘는 사위
나무 하나로
하늘 높이
던지고 받아내는
다채로운 버나놀이
얼싸절싸 신바람 난다

잘하면 살 판이요

못하면 죽을 판이다
어릿광대와 땅 재주꾼
재담을 주고받는다
땅 재주 부리는 놀이로
삐리리~ 깨갱 깽깽
뚱기다닥 징~~~~
앞곤두 뒷곤두
덩~ 덩꿍, 덩~더꿍~~
자반 뒤집기 외팔걸음
앉은뱅이 모말되기
흥이 넘치는
풍물가락에 익살이 넘친다

어름사니는 여보게들
걸쭉한 잔치판에서
신명나게 놀다나! 가위
비틀비틀
부채 하나로 중심 잡고
아슬아슬
스릴과 서스펜스가 넘친다

얼씨구절씨구 지화자 좋다
안성의 강바람 가르며
새처럼 솟구쳐 오른다
사분사분
하얀 나비처럼
너울너울 춤추며 걷는다

덧뵈기 놀이는
얼럴럴럴~ 네기럴꺼~
괘갱꽹갱~ 괘굉꽹꽹~
마당씻기 옴탈잡이
샌님잡이 먹중잡이
장쇠와 먹쇠가
재담 춤사위 탈춤 연희
해학적인 풍자
만담이 안성천
넓고 푸른 물결 따라
흐르는 떠돌이
노래 가락은
천지가 진동

굽이굽이 펼쳐진다

목덜미를 잡혀서 노는
꼭두각시놀이
박첨지 마당
평안감사 마당
위선적인 가면은 벗겨지고
조롱과 모욕당하는
그 모습에
통쾌한 웃음 쏟아놓는다

강물 따라 흐르는
떠돌이의 노래
안성 남사당 놀음
태평소의 굿거리장단에
온몸이 들썩들썩 춤추고
장생의 재담 나눔의 장
여섯 마당으로
남사당놀이 펼쳐진다.

* 안성 남사당 바우덕이놀음 : 풍물놀이, 버나 돌리기, 살판놀이, 어름걷기, 덧뵈기놀이, 덜미놀이 등이 차례로 펼쳐진다.
* 태평소 : 단단한 나무의 속을 파서 만든 국악기의 한 가지.
* 굿거리장단 : 장구를 가지고 맞추는 느린 4박자의 장단.
* 얼싸절싸 : 흥겨워 뛰노는 모양.
* 어름사니 : 어름 재주를 부리는 광대놀음.
* 풍물놀음 : 남사당패의 첫 번째 놀음.
* 버나 : 남사당패의 둘째 놀이인 '대접돌리기' 놀음.
* 살판 : 남사당패의 셋째 놀이인 땅재주놀음.
* 어름 : 남사당패의 넷째 놀이인 '줄타기' 놀음.
* 덧뵈기 : 남사당패의 다섯째 놀이인 탈춤놀음.
* 덜미 : 남사당패의 여섯째 놀이인 '꼭두각시놀음' 을 이르는 말.

장독대

뒤뜰의 부엌문 열면
돌담 벽 앞에는
장독대가 있었다

크고 작은 장독들
즐비하게 놓여 있지만
저마다 다른
용기로 서 있다

짭짤한 간장
구수한 된장
달콤한 고추장
맛깔스러운
장맛은
그렇게 익어갔다

어머니의
지극 정성이
듬뿍 담겨져 있어
깔끔한 미(美)
맛깔스럽기만 하다.

김치 광

부엌문 열면
돌담 벽 앞에
김치 광이 있었다

이엉을 엮어서
지붕 올리니
포근하고
운치가 있다

김장 독
깨끗이 닦고
김칫독
동치미 독
파김칫독
땅에 묻어 놓았다

무 땅에 묻어 놓고
잡도리 하시고
어머니는
겨우내 드나드신다.

소반상

어머니 차려 주신
소박한 정 있는
자름 자름하며
고향의 정취가
물씬 풍기는
정갈스러움 있다

토속 반찬
무, 파김치
된장에 박아둔
콩잎 있으면
밥 한 그릇
뚝딱 비우던
소시적이 그립다

어머니
주름진 손으로
보글보글 끓는
구수한 된장찌개
깊은 손사래 맛

잡손질한
소반상이 그립다

마음에 들지 않는 일
심기가 있어도
잘 드러내지 않는
어머니
젖은 손 겨운 짐
실핏줄 그리움이다.

* 소반상 : 짧은 발이 달린 작은 밥상.
* 자름 자름 : 조금씩 보기 좋게.
* 손 잡손질 : 손을 대어 아기자기하게 잘 매만지는 일.
* 젖은 손 겨운 짐 : 가족을 위해서 힘겨운 줄 모르고 헌신하는 한국의 어머니상을 나타낸 말.
* 실핏줄 그리움 : 가느다랗게 끊어지지 않는 진한 그리움을 비유.

두 무덤

두 무덤 앞에서
넙적넙적 절하고
울고 있는 그 사람
무슨 사연으로
봄바람이 불었으랴

사바세계에서
희로애락으로 살다
무언에
잠들고 있었으랴

살아생전에
부생모육의 마음에
그 사람
여읍여소 하였으랴

할은단정을
못하는 모양이다
격세안면 못하여
울고 불고 있었으랴.

* 사바세계 : 괴로움이 많은 인간 세계를 뜻하는 불교 용어, 석가가 교화하는 이 세상, 고생이 많은 세계로서 인간 세상을 말함.
* 희로애락(喜怒哀樂) : 기쁨과 노여움과 슬픔과 즐거움.
* 부생모육(父生母育) : 아버지는 낳게 하고 어머니는 낳아 기름.
* 여읍여소(如泣如訴) : 우는 것 같기도 하고 하소연하는 것 같기도 함.
* 할은단정(割恩斷情) : 애틋한 사랑과 정을 끊음.
* 격세안면(隔歲顔面) : 해가 바뀌도록 오래 만나지 못한 얼굴.

안성

수도권 남부
성장 거점의 도시
쾌적한 환경조건
기업하기 좋고
교육시키기 좋은 거다

도 · 농간 균형의 발전
변화의 물결이
출렁거리고 있는 거다

사통팔달이 펼쳐진
도로의 여건으로
안성맞춤의 고장
도약의 꿈 있는 거다

옛날부터 농 · 상업이
발달하였으며
예향의 고장 안성인 거다.

안성의 혜성원

남실바람이
여름 일깨우는
혜성원 앞뜰로
사근사근하게 왔다

장서리 산자락에서
녹색 군단이
꽃 송아리 들고
다가오고 있다

혜성원 경내는
이체동심으로
그윽하기만 하다

대동세상 이루고자
소망을 담아
자활의 꿈꾸고 있다.

* 남실바람 : 바람이 얼굴에 스침을 느끼며 나뭇잎이 흔들리는.
* 사근사근 : 붙임성이 있고 친절하며 상냥하다.
* 혜성원 : 안성시 양성면 장서리.
* 이체동심(異體同心) : 몸은 각각이나 마음은 한 가지라는 뜻.
* 대동세상(大同世上) : 모든 사람이 함께 어울려 평등하게 살아가는 세상.

단비

하늘이 노하시었나
천둥울음 소리이다

소만에 맞추어
여름지기네
아가위 주려고
단비가 오고 있다

녹색 군단아
향기 피워 보아라
살 터에 비 오고 있다

여름지기네 풍속
기다리던 알짬이
우리네 손을 적신다.

* 단비 : 꼭 필요한 때 알맞게 내리는 비.
* 소만 : 만물이 점차 성장하여 가득 찬다는 의미, 모내기. 보리 베기.
* 아가위 : 희망
* 살터 : 대자연. 넓고 큰 삶터.
* 알짬 : 여럿 가운데에 가장 중요한 내용.

토끼풀의 속설

세 잎
행복을 의미한다면
삼락을 말합니다

네 잎
행운을 의미한다면
무조건 좋다고
다들 말을 합니다

다섯 잎
오대주를 의미한다면
세계 평화를
기원하고자 합니다

여섯 잎
짝수를 의미한다면
농촌 총각들
올해는 장가가면
참 좋겠습니다.

남새 밭

남의 나이 든 아내는
남새밭에
씨 뿌려 놓고
솎아내기
이식하기
잡초 뽑고
갈무리하고 있다

이식위천이
중요하다고
빈궁마마 된 지
오래된 그 사람
손놀림이 분주하다

남새밭에 있는
이것저것
풍성한 것 보고
남흔여열하게
즐겁게 살자 한다

남새스러워 보이나
두 식구 먹기는
풍성스럽기만 하다.

* 남의 나이 : '환갑이 지난 뒤의 나이' 를 이르는 말.
* 이식위천 : 사람이 살아가는 데 먹는 것이 가장 중요하다는 말.
* 빈궁마마 : 폐경기에 들어선 여자를 뜻하는 비유어.
* 남혼여열 : 남편과 아내가 다 기뻐한다는 뜻으로 '부부 사이가 화락함' 을 이르는 말.

고구마 줄기

조상 탓을 하거나
가정환경이
좋지 않아서
내 꿈을 이루지
못했다고 말하는 거다

고구마 줄기를 보라

나쁜 땅
좋은 땅
가리지 않는 거다

꽂아만 주면
스스로 뿌리 내려
자름자름
잘 자라나는 거다

어느 땅에서나
뿌리 내리는
고구마 줄기는

자신지책으로
잘 자라나는 거다.

* 자름자름 : 조금씩 보기 좋게.
* 자신지책(自身之策) : 자기 한 몸의 생활을 꾸려 나갈 계책.

간운보월

고향 산천
초록빛 물들여
꽃피는 곳

사철 따라
꽃이 피고
온갖 새
짐승이 놀던 곳

병풍 쳐진
신작로
버스 지나가고
산자수명 마을
꽃피는 곳

가족 가부지친
살던 곳
간운보월
가득하구나.

* 산자수명(山紫水明) : 산수가 빼어나게 아름다운 모습.
* 가부지친(葭莩之親) : 촌수가 먼 인척.
* 간운보월(看雲步月) : 객지에서 가족이나 집 생각을 하고 달밤에 멀리 구름을 바라보며 거님.

옥수수

옥수수 잎 시원하게
쭉쭉 뻗어 있고
옆집 누나 닮았다

앵두가슴 내민
얼크러진 긴 머리
빗질 한 번 못하고
잠깨어 서 있다

만삭 되니
부끄럼 접고
뽀얀 속살
다 드러내 놓고 있다

소쿠리에 담아 보니
자태가 탐스럽다
야드르르한
너의 입술에 입맞춘다.

* 앵두가슴 : 처녀의 예쁘고 달뜬 가슴.
* 야드르르한 : 윤이 나며 연하고 보드라운.

고구마

흙을 파헤치고
고구마를 캔다
숨어 있던
붉은 살결 드러난다

생김새도
가지 각 가지
길쭉길쭉하고
둥글넓적하며
울퉁불퉁하다

햇빛에 붉은
색깔 곱기도 하다
그릇에 담겨져
살아리 꽃을
아름답게 피우고 있다.

* 살아리 꽃 : 목숨살이 꽃이라는 뜻으로 사람 사는 일을 꽃으로 비유 한 말.

종달새

봄의 절정에
종달새는
들녘에 터 잡고
텃새로 살고 있다

하늘 높이
날아올라
고운 노래 부른다

땅에 둥지 틀고
새끼들 북새통에
달음박질로
생명의 꽃 피우고 있다

엄마 아빠 밥 줘
어서 달라고
입 벌리는
어린 종달새 살갑다.

* 종달새 : 맑은 날에 간혹 구름이 있는 경우 마치 구름 속을 왔다 갔다 한다는 의미에서 운작(雲雀)이라 하였으며 다른 말로 고천자(告千子)라고도 한다. 이는 종다리가 땅위에서 벌어지는 일을 들었다가 하늘로 올라간다는 뜻.

밤나무 꽃

창문 열면
토둔(土屯)의 밤나무
꽃향기는
내 온 몸 타고 흐른다

수염 길게 달고
바람 따라
너울너울 춤춘다

밤꽃을 따다 엮어
금관을 만들어
여자수자 하였다

부둥켜 안고
희희낙락거린다
토둔의 밤나무
꽃향기 그윽하다.

* 토둔 : 그리 높지 않은 자그마한 언덕.
* 여자수자 : 주는 사람과 받는 사람.
* 희희낙락 : 매우 기뻐하고 즐거워 함.

명절

대목 장날
바자니는 없는데
다들 북새질이다

바람 부는 마을
서너 번 다녀와서야
제수 장만에 부산하다

간은 맞는지
맛은 있는지
야금야금 먹는다

새벽 무렵에야
모처럼 모인 가족
이런 저런
이야기 꽃 피운다.

* 바자니는: 부질없이 왔다 갔다 하는.
* 북새질 : 야단스럽게 법석대는 모습.
* 바람 부는 마을 : '세속', '저자거리' 를 형성하는 말.

제3부 | 시아버지의 마음

시아버지의 마음

대추 하나
밤 세 톨
감 하나 폐백 시
며느리에게
던져 주고 싶다

대추 꽃 하나에
열매 하나가 달리고
씨앗 하나 있으니
서로 섬기고
잘 살아 가라는
시아버지의 마음이다

밤 심으면
크게 자라도
땅 속에서 썩지 않고
뿌리에 붙어 있으니
내 조상 없이
태어날 수 없다는
근본을 잊지 말라는

시아버지의 마음이다

감씨 심으면 고욤나무 나오지
고욤나무에 감 접 붙이면
아픔이 오듯이
교육이 있어야 훌륭한 인물이
나올 수 있다는
시아버지의 마음이다.

한 우물

가마니 짜기
한살이하시던 이씨는
박사 칭호 얻었는데

여름지기하며
목수일하시던 이씨는
큰 대목 칭호 얻었는데

훈육의 길
한살이하시던 이씨는
훈장 타고 정년 퇴임했는데

시인, 수필가 이씨는
어떤 글을 쓸까
늘 수심이 가득한 얼굴.

그 사람이 보고 싶다

텔레비전 앞에 앉으니
딸은 34년 전 헤어진
어머니를 찾고 있다

어머니 보고파
사막바람 세상
어찌 참고 살았으랴

어머니 사연 듣고
손전화로 확인하고
34년 만에
딸과 상봉한다

지금 어디에 있느냐
내가 갈 테니
거기에 있어라
장내는 침묵에 잠긴다

박수소리 나자
만남이 새롭건만

서러움에 복받친
슬픔의 울음바다
사르르 사르르
장내를 가득 메운다

딸의 키가 클 뿐
붕어빵이다
어머니 만났으니
헤어지지 말자
살포시 손잡고 있다

청너울 흑너울
다 얻는 기분일 게다.

* 사막바람 세상 : 황량한 세상.
* 사르르 사르르 : 힘없이 풀어지거나 떨어지는 모양.
* 살포시 : 매우 보드랍고 가볍게.
* 청너울 흑너울 : 하늘 땅(옛 제주어).

하늘의 별

살기 좋은 나라 만들고
국민 편안하게 모시며
전지자손에 물려주는
지도자가 되고 싶다

풍전등화 같은 조국
낡은 논쟁 매듭짓고
경제 · 교육 살리기에
전심전력을 다 하겠다

전지전능한
해결사라도 되는 양
신바람 나는 사회
삶의 질 챙기는
공약을 실천하겠다

화엄세상 만들고
주인을 잘 섬기는
머슴살이 잘 하겠다

장밋빛의 약속
하늘의 별을
따올 듯도 하다.

* 전지자손 : 자손에게 물려줌.
* 풍전등화 : 존망이 달린 매우 위급한 처지를 비유하여 이르는 말.
* 전심전력 : 온 마음과 온 힘.
* 전지전능 : 모든 것을 다 알고 모든 것에 능함.
* 화엄세상 : 보람과 깨달음이 충만한 더할 나위없이 아름다운 세상.

하나

온난화 막자
행동나선 지구촌
'발리 로드맵'
지구도 하나

자신이 발분하고
갈수록 발바투하는
자신 찬 아들도 하나

협소하기는 하나
작달비 막을 수 있고
서너 식구에
작석(作石) 들여 놓고
살 만한 내 집도 하나

세월이 내 몸에
주름지게 할지라도
내 마음으로는
주름을 질 수 없는
내 인생도 하나.

* 열린 유엔 기후변화총회는 2013년부터 전 세계를 온실가스 감축에 동참시키는 '발리 로드맵' 을 채택했다.(「조선일보」 2007. 12. 24. A14, 국제 10대 뉴스)

그런 분 내 주변에 있는가

만나면 줄 것 없어도
마음 열어 줄 만한
그런 분 내 주변에 있는가

내 작품을 보거나
잘못된 습관을 지적하고
솔직한 말을 해줄 수 있는
그런 분 내 주변에 있는가

시간을 아낌없이 쓰며
도움 줄 만한 인사를
소개하여 주시는
그런 분 내 주변에 있는가

속내 다 드러내 놓고
삶의 구심점을 구축하여
정주고 받을 만한
그런 분 내 주변에 있는가.

천려일득

고민을 많이 하라
고민하는 만큼
성장할 것이다

노력을 많이 하라
노력하는 만큼
성과가 있을 것이다

내 처지가 난감한
그때가 고빗길
삼고(三考)는 필수이다

천려일득(千慮一得)이
반드시 있을 것이다.

* 삼고(三考) : 세 번 생각함.
* 천려일득(千慮一得) : 아무리 어리석은 사람일지라도 많은 생각을 하다 보면 한 가지쯤은 좋은 생각을 얻는다는 말.

불심

구실살이 하나로
구만리 장천인양
멀기만 하였으나
이제 열심히 하고 싶다

업으로 가득한
고난의 세월
알 수 없는 고행
어지럽고 힘들다

내게 있어서
고난과 역경이
존재할지라도
곱땃스레한 심방
그 길을 가야 한다

화락과 승리의 보탬
불제자로서
역할을 다하고 있는가
내게 묻고 싶어진다.

일리

냇물의 흐름은 만남을 낳는다
세월의 흐름은 성장을 낳는다
사람의 만남은 애심을 낳는다.

나의 삶

테니스는 나의 삶
활력소이며
인생을 배운다

우표 · 화폐 수집은
나의 저축통장이자
보물창고 보고서다

시는 나의 삶
마음의 법신(法身)이자
보금자리였다

신앙은 나의 삶
수양을 쌓는
원력(願力)의 샘물이었다.

* 법신(法身) : 정신적인 실체. 진리의 몸체. 원래는 석가여래의 삼신의 하나.
* 원력(願力) : 신이나 부처에게 빌어 바라는 바를 이루려는 염력. 불교에서 아미타불의 서원의 힘을 이르는 말.

군화 발자국

하얀 천국 세상
나의 군화 발은
눈이 덮인 길 간다

우리의 대원들은
내 발자국 따라
내무반 들어가고 있다

칼바람 부는
영하의 날씨
철책선 불침번으로
피로가 쌓이어
천근만근이다

귀, 손, 볼을 비벼
몸 서서히 녹여 보니
내 얼굴 처음처럼
색깔이 철철거린다.

전우야 잘 가거라

겹어둠의 경계 근무
경기관총(LMG) 장착하고
한 초소 구축하여
육명은 함께 한다

네 살짜리
아장걸음 걷고
말 배워 재롱부리는
아들이 보고 싶다

철책선 현장으로
내 체중의 무게만 한
시멘트 메고
크고 작은
언덕과 산을 넘나든다

아들이 보고 싶다던
그 전우의 싸늘한
육신의 열명길
허우룩하건만

애끈친 마음
금할 길이 없구나
전우야 잘 가거라.

* 겹어둠 : 깊고 두터운 어둠.
* 열명길 : 죽는 길, 저승길
* 허우룩하건만 : 아주 가까운 사람과 영영 이별하여 마음이 섭섭하고 허전하건만.
* 애끈친 : 애가 끊어질 듯 슬픈.

눈 녹인 물

잠뿍 어둠이 오더니
진눈깨비 오다
자묵해지고
마른눈 며칠간 쌓인다

지피로 오는 진입로
가로 막혀
공급 차는 오지 못한다

오전 취침이 없어졌고
전중대원은 도로
제설작업에 북새질이다

철모 하나 정도
물 있으면
오륙 명 세숫물이고
밥솥의 눈 녹인 물
살짝 떠서 밥 짓는다.

* 잠뿍 : 잔뜩. 가득.
* 자묵해지고 : 잠잠해지고.
* 마른눈 : 비가 섞이지 않고 내리는 눈.

목책선

하교대 마치고
동기생과 같이
자대로 배속된다

제군들이 알다시피
최전방 군 초소
살든 죽든 함께
복무할 소대장이다

작년 이때쯤에
대남방송이
자꼬자꼬 들려왔지
자글자글 들려왔지
오늘도 변함이 없다

구로지감 목책선 지킨다.

* 자꼬자꼬 : 자꾸만 이어서. 되풀이하여.
* 자글자글 : 타는 모양과 소리를 나타내는.
* 구로지감 : 자기를 낳아 기르느라고 애쓴 부모의 은덕을 생각하는 마음.

겨울의 목책선

야간 근무 끝난 후
적군 온 흔적 있는지
순찰 나서자
사발눈 사르르 쌓인다

목책선 살살 흔들어 보니
딸그락 딸그락 소리
하늘거리고 있다

목책선 그대로인지
브이자형으로 질러준
작은 나뭇가지
하늑이는 바람결이다

초소의 딸딸이나
장비 확인하고 나니
화엄세상 온 기분이다.

* 사르르 : 힘없이 풀어지거나 떨어지는 모양.
* 하늑이는 : 가늘고 긴 나뭇가지 따위가 힘없이 늘어져 보드랍게 흔들리다.

철책선 근무

철책선 경계 근무
서노라면 확성기 소리
왁자지껄 분주다사하다

분네는 한 시간 동안
미소조차 침묵
철책선 순환 지킴이다

딸딸이 진동 소리
여기는 상황실
내 말 들리면 신호 두 번
짝짝 송수의 소리다

어저께 밤보다
더 추우면 신호 세 번
짝짝짝 송수의 소리다
반란강산으로
시선 집중되고
안불망위 살아간다.

* 안불망위 : 편안한 때에도 마음을 놓지 않고 늘 스스로 경계함.

관측소

북한강 가로지른
군사 분계선에
조국의 부름 받고
나의 직책을
수행하고 있다

나는 관측소에서
발가벗은 북 누리
반란강산
관측 하사관이다

분결같던 손
포대경을
늘 적 방향에
시선이 집중된다

발밤발밤
발랑발랑
북 누리 적군
동태를 관측한다.

* 반란강산 : 억압과 착취의 역사에 항거해 온 삶의 터.
* 발밤발밤 : 한 걸음씩 바쁘게 걸어가는 모습.
* 발랑발랑 : 재빠른 동작으로 가볍게 움직이는 모습.

무력한 날

별 할 일 없어
무력한 날
나의 친구이자
문우는 전화한다

무엇 하느냐
친구야 좋아한다
친구야 사랑한다
밥 사라한다
살가운 정남이
늘 철철거린다

진천 종 박물관
관람하고 나서
시 하나씩 써서
시 읽는 날
발표하자 한다

오늘만은
군치리집에서

정겨운 담소 나누며
주거니 받거니
한 잔 술에
환희심이 생긴다.

* 정남이 : 정든 사내.
* 철철거린다 : 푸르른 기운이 넘친다.
* 군치리집 : 개고기 파는 집.

촛불 시위

역사상 처음으로
인터넷 방송으로
손 전화번호나
문자 메시지로 연락하여
서울시청 앞 광장으로
광화문 사거리로
남녀노소는 모여 든다

시위대와 경찰은
충돌은 늘 있었기에
평화의 시위가 있기를
바라는 민초의 마음이다

직접 민주주의 실현하는
변화의 물결
우리 국민은 참으로
위대한 심금의 소리를
다함께 내고 있다

구복지루 없이

살아리꽃 피우자는
이식위천의 소리이다.

* 심금의 소리 : 마음의 악기 소리.
* 구복지루 : 제 욕임을 채우는 데만 마음을 쓴다는 뜻.
* 살아리꽃 : 목숨살이꽃이라는 뜻으로 사람 사는 일을 꽃으로 비유 한 말.
* 이식위천 : 사람이 살아가는 데 먹는 것이 가장 중요하다는 말.
* "2000년 전 그리스 아테네에서 시작된 직접 민주주의 이래 처음으로 수천만 국민의 참여와 관심 속에 다시 그 직접 민주주의를 경험하고 있다." 김대중 전 대통령 「6.15」 8주년 기념행사에서의 말씀. 2008. 6.13. 「조선일보」 A6면 기사.

정담

용이동에서 평택역간
경찰서 앞
버스 정류장에 내가 있다

밀레니엄 10길
은행나무 가로수
곱게 물들여져
깊어가는
가을 불태우고 있다

눈에 들어오는 현수막
어르신 행복 나눔 축제
이런 날이
자주 왔으면 참 좋겠다

차들은 끝없는 행렬이다
할 일들이 많은지
앞만 보고
달려가는 모습들이다

친구끼리 짝지어
담소를 나누며 가는
행인들
지기지우 만남에
손을 잡고
웃음의 꽃을 피운다

부모님 건강 좋은가
언니는 결혼하여
행복하게 살고
잡았던 손
놓을 줄 모르는
깊고 깊은
정 여울 아름다웁다.

* 정여울 : 정이 감돌아 넘치는 모습.

날개

이상의 꿈
더 높고
더 넓은
세상의 날개
확 펼쳐 보고 싶다

훨훨 날아서
내가 알고 있는 사람
잘 사는지
찾아보고 싶다

비둘기처럼
다정한
친구가 되고 싶다

절재도 돈도
다 필요 없다
친구 찾아간들
신세질 일이 없다.

주고 싶은 말

근심 걱정 말고
네 몸 추스름에
소홀하지 말거라

부귀영화를
누려 보겠다고
한 푼 두 푼에
여념하지 말거라

자녀의 과잉보호는
자립심이 떨어지니라

우리 삶에 있어
일성일쇠 있으니
일이관지를 알지어라.

* 부귀영화 : 재산이 많고 지위가 높으며 영화로움.
* 일성일쇠(一盛一衰) : 한 번 성하고 한 번 쇠하는 일.
* 일이관지(一以貫之) : 하나의 이치로써 모든 일을 꿰뚫음.

버스 여행

목련 꽃 바람 분다
토요일 정오
학생들로 부산하다

두발 자유화로
레이어드 보브 컷
보브 단발머리
짧은 볼륨 펌
얼굴형에 따라
머리 모양 다르다

남녀 학생끼리
자리에 앉아
만무방들이다

어쩜 그렇게도
할 말이 많은지
모래성을 싸놓는다.

*만무방 : 예의나 염치가 없는 사람.
*어쩜 : 놀라거나 감탄할 때 내는 소리
*모래성 : 허무하고 덧없는 모습을 비유 한 말.

제4부 | 해설사의 고충

등불

문화관광 해설사로서
인연의 끈으로
매듭 지으셨습니다

우리의 만남은 경기도
문화관광 해설사로서
기법을 배우고자 함입니다

한반도의 중심부
경기도의 일원으로서
내 고장의 일원으로서
홍보의 역할자로서
그 현장에
늘 우뚝 서 있습니다

도약하는 경기도
맛, 미, 멋
우리 삶의 살가운
아름다운 등불이십니다.

해설사의 고충

문 활짝 열린
대웅전 뜰에는
관람객 서 있고
해설자는 알리기에
정성이 지극하다

몇 마디 듣다 말고
딴전 부리는 분네
귀 담아 듣고
관람하시는 분네
뒤 늦게 오셔서
뒷북을 치는 분네
가지각색들이어라

겉모양은 볼 수 있어도
속내는 볼 수 없는 것
관람인 것을
오 분 지나서야
끈덕끈덕
오시는 분이 있습니다

늦게 왔다고
해설을 해달라 한다
열불난다는 것을
알았으면 좋겠습니다.

산사의 풍경

여우비는 조록조록
명부전 앞뜰에는
때 늦은 여름날
목련의 꽃은 피고 있다

여름이 좋아서
꽃 피고 지는데
사람들은 쳐다보고 있다

사바세계 그리움이더냐
화엄황혼 그리움이더냐
말 못할 사연 담고 있더냐

바람의 풍경소리
매미의 울음소리
새들의 울음소리
벌들의 역사소리
자룽자룽
정막을 깨뜨리고 있다

새들처럼 소리쳐
보고 싶어도
소리 낼 수 없구나
아직 내게
걷잡을 수 없는
마음의 옹벽이
내 앞을
가로 막고 있나 보다

산사의 경내는
허심 없이
하루가 가고 있었다.

* 2008. 7. 1 청룡사 명부전 앞 백목련 꽃 피고 있었다.
* 사바세계 : 괴로움이 많은 인간 세계를 뜻하는 불교 용어.
* 화엄황혼 : 자연의 장엄한 아름다움을 화엄에 비유한 말.
* 자릉자릉 : 종 따위가 가볍게 울리는 소리.

서서 삼배

태양광선
독차지하겠다는
놀부 심보 가졌다

피붙이 살 뜯어 먹는
경쟁을 피하고
혼자 살아도
잘 자랄 수 있어
외톨이로
살아가고 있다

얼마나 영특한가
누구의 도움 없이
다른 나무들을
제압할 수 있으니
혼자의 길
선택했는지 모른다

낙뢰를 맞아 써도
뜨거워진 기운으로

살아있는 너 사랑스러웁다

산사의 층층나무
열매는 까맣게 익어
난새의 먹잇감이 되고
삼백예순 날
어린 동자상은 대웅전을
올려 보고 있어
서서 삼배하고 간다.

* 피붙이 : 혈족.
* 난새 : 상상의 새.

심원의마

산사의 입새
열네 계단을
밟고 올라선다

푸른 잎사귀 위에
하얀 꽃 활짝
피워 놓고 여낙낙하다

올 한 해도
층층나무 가지마다
흰 꽃 층층이 피어
꽃바람에 흰 나비단
나운나운
노을치고 있다

심원의마 버리고
삶의 한 계단 한 계단
밟고 올라가라 하네.

* 여낙낙 : 여유있고 넉넉한 모습.
* 나비단 : 얇은 비단.
* 나운나운 : 가볍고 산뜻한 모습.
* 노을치고 : 물결치는.
* 심원의마 : 사람의 번뇌와 욕심이 한없고 걷잡을 수 없다는 말.

후박나무

후박나무 한 그루
흔디 입은 채
휜 세월 잊은 채 있다

껍질을 벗기거나
베어내면 그루터기
고을사 새순이 나온다

한방에서 후박 피를
약제로 사용하고
염료로도 쓰인다

빨갛게 올라오는
후박나무
새잎 흠뭇 넉넉하다.

* 후박나무는 진도에서 천연기념물 제212호로 지정하였다.
* 흔디 : 상처.
* 휜 세월 : 늙은 세월. 나이든 모습을 비유한 말.
* 그루터기 : 나무나 풀 따위를 베고 남은 밑동.
* 고을사 : 아주 곱고 부드러운 모양의 감탄적 표현.
* 흠뭇 넉넉 : 흐뭇하고 넉넉하게.

낮잠

관람객은
이따금 오실 뿐
경내는 한가롭다

주차장 나무 밑에
자리 펼쳐 놓고
등산객들 점심식사에
코를 맞대고
야단법석들이다

무더운 날씨에
밤잠을 설친 탓일까
나무 그늘 밑에
아장비장하더니
낮잠 자고 있다

꿈속 말하시는 분네
코골기 하시는 분네
낮잠 맛있게 자고 있다.

* 아장비장 : 하는 일 없이 이리저리 움직이는 모습.

편운의 동산

편운 동산에는
문학의 거목
흔적 남겨둔 채

영롱한 빛으로
마음의 곳간
문 활짝 열고
세월 잊은 채

진위천의 물처럼
부드러운
선율이 흐른다

마음 호탕하고
인정 도톰하신
문학의 거목은
고향을 빛내시고 있다.

편운동산의 봄날

초록동색
나뭇잎
아우름의 손짓한다

벚나무
함초롬하게
꽃 피는
청호우기이었다

꽃나무 춤길
초로인생
한가롭게
걸어가고 있다

편운동산의 봄
아우름이 아름답다.

* 초록동색 : 풀빛과 녹색은 한 색깔이라는 말.
* 아우름 : 여럿이 모여 조화를 이룸.
* 함초롬 : 가지런하고 고운.
* 청호우기 : 산수의 경치는 비가 오나 맑은 날이나 언제든지 좋음.
* 꽃나무 춤 : 꽃나비처럼 너울너울 추는 춤.
* 초로인생 : 풀끝에 맺힌 이슬과 같은 인생이라 함은 사람이 산다는 것이 매우 허무하고

문학아 놀자

떼 봄이 왔다
꽃들의 군락은
진진초록
산비탈에서
달려오고 있다

잔디이불 깔아 놓고
남녀노소
동심으로 돌아간다

동시 들여다보고
덕신덕신 나누는
또래 친구
재미지게 놀고 있다

문학의 한마당
해맑은 마음
가득 메워
문학아 놀자 한다.

천년의 종소리

청동(靑銅)의 종소리
요람에서 속세 속으로
비봉산 넘어
힘차게 울려 퍼져라

온 누리의
마음의 풍랑은 접고
원심을 깨고
환희 넘쳐 나는
오늘을 열고 일어나라

서로 타애 마음
살기 좋은 안성
언제나 내 옆에
염원의 소리는 있어라

한민족의 혼 담긴
밝은 내일의
영혼의 소리 울려라.

파인리조트의 아침

새벽녘 안개이불을
덮고 오고 있다
알 수 없는 풍경이다

소나무 군락
아카시아 군락
안개이불 쳐들고 나니
푸름이 더해지고 있다

온갖 새들은
노래 부르고 있다
더 많은
새들이 찾아 와서
놀 수 있으면
참 좋으련만
아쉬움이 남아
안쓰러움에 울고 있다

새들은 배가 고파
울고 있었으랴

나도 배가 고프다
한 폭의 수채화가 펼쳐진다.

* 안개이불 : 안개가 자욱이 덮인 현상.

고목(枯木)

나이 많아 기력이
쇠약해져 다시는
설 수가 없어졌다

세월의 모진 풍파
견딘 보람의 흔적
도톰한 나이테
흔적만이 남아 있다

누구인들 크고 작은
아픔이 없었으랴
상리공생 자리에서
오요요 소리
끈끈한 눈물을 흘린다

계절마다 비바람은
시도 때도 없이 난도질하여
사지는 다 부러져
만신창으로 버려졌다

오장 육부
다 썩은 몸에는
벌레가 으드등대고
새들이 둥지를 틀고
늘 육두질이다

아낌없이 주다 보니
육시 당한 꼴이다.

* 상리공생 : 다른 종류의 생물끼리 서로 이익을 얻는 공생 상태.
* 오요요 : 소리 내어 우는 울음소리를 형용한 말.
* 으드등 : 모질게 기를 쓰며 부들 두들 다투는 모양.
* 육두질 : 두텁게 꿈틀거리는 모습.
* 육시(戮屍) : 이미 죽은 사람의 시체에 다시 목을 베는 형벌을 가함.

생강나무

떼 봄이 오는 소리
귀살푸시 들려 온다

온 누리의
밀림 속으로
실개천 따라
흐르는 물소리
떼 봄이 오는 소리다

봄 햇살에
깨어나
꽃샘추위 툴툴 털고
노란
꽃망울 터트린다

온 세상
노란 색 무늬를
수놓으니
강산일변이 있다.

* 강산일변(江山一變) : 산천이 아주 달라짐.
강산이 한 번 변했다는 뜻.

석류

석류의 꽃 봉오리는
보일 듯 말듯
감춰지는 수술 신비롭다

노르스름한 껍질
단단하게 감싸고
빨간 장밋빛 구슬
도리 빵빵
덜퍽지게 열렸다

도리 방망이질에
더 숨길 수 없어
붉은 입술
드러내고 웃고 있다

세상에 보여줄 것
없다는 듯 입 꽉 닫고
사바의 비밀을
간직한 채
대롱대롱댑니다.

* 도리 빵빵 : 둥글둥글 빵빵하게.
* 도리방망이질 : 흥분이나 설렘으로 가슴이 마구 뛰는 모습.
* 사바의 비밀 : 중생이 갖가지 고통을 참고 견뎌야 하는 괴로움이 많은 이 세상.
* 대롱대롱 : 작은 물건이 매달려 늘어진 채로 가볍게 흔들리는 모양.

학

백성교 밑에서
학 한 마리
짝을 찾는 소리
뚜루루루 뚜루루루
하늘을 향해
목청껏 소리친다

먼 발치에서
놀고 있는
자태를 보고자
강변도로에 서 있다

강바람에 잔물결이
일렁얄랑 흔들리고
이슬비는 내리고 있다

성큼성큼 걸음걸이
자태가 아름다움이고
우아함을 보고 있다

산책길에 오고가던
아낙네들이
우스꽝스러운
몸짓과 말투에 떠났다

그 자리에 찾아왔다
아마 약속 장소에서
기다리고 있나 보다
신접살이 꾸리고자
마음 고생을 하고 있다.

* 학 : 천연기념물 제202호 지정 보호하고 있다.

황새

물안개 피는 호숫가에
날이면 날마다
흰 옷을 입고 춤춘다

나무 꼭대기에
접시 모양의 큰 둥지 틀고
쉴 새 없이 드나들고 있다

황새의 울음소리
부리를 부딪쳐서
고록고록 가락가락
쉴 새 없이 펼쳐진 사연
떠돌이 바람에 싣고 보낸다

황새가 목을 펴고
날갯짓에 오르내린다
사지오체 던지며
물고기 잡기에 사력 다한다

어호 너호의 소리

고록고록 가락가락
호수를 누비는
떨기바람에 큰소리친다.

* 사지오체 : 온몸을 말함.
* 어호 너호 : 기쁘거나 슬픈 마음을 나타내는 소리.
* 황새 : 천연기념물 제199호 지정 보호하고 있다.

산수유 꽃

앙상한 가지마다
노란 꽃망울
바람에 물결친다

맑고 푸른 하늘 아래
불변의 그늘
노랗게 가리고 있다

애호운의 언약을
스스로 지키고
모진 세파 헤치고
행복하게 살자 한다

연인들 주고받는
꽃과 붉게 익은
열매의 선물
불변의 마음이다.

* 애호운 : 사랑하는.
* 불변 : 변하지 아니함.
* 산수유 꽃말 : 꽃은 불변이라는 꽃말을 가지고 있어 연인들이 산수유 꽃이나 열매를 선물하기도 한다.

반딧불

파평의 산장
탱크 소리에
무심코
밖을 나왔다

반딧불이
반짝 빤짝
여기저기
팔 마구리로
비춰고 있다

여름밤
반딧불아
파송치고 갈
구실살이는
이재(吏才) 가고 있다

반짝 빤짝
어둠의 정막을
휘휘 저으며

가고 있는
그 모습
귀성스럽다.

* 팔 마구리 : 이것저것 헤아리지 않고 마구 움직이는 모습을 비유한 말.
* 파송치고 : '파하고' 의 뜻. 끝내고.
* 귀성스럽다 : 귀엽고 복스럽다. 제법 구수한 맛이 있다.
* 반딧불 : 천연기념물 322호. 전북 무주군

덕유산의 변신

봄의 덕유산
도술담(道述潭)에
생수 가득 채우고
파릇 파릇
초록 무늬로
산하를 도배한다

여름의 덕유산
뭉게구름 피우며
더위야 가라 한다

가을의 덕유산
나뭇잎 울긋불긋
물들여 놓고 유혹한다

겨울의 덕유산
하얀 은빛으로
수놓고 손짓한다.

보름달

옆집 귀틀마당
귀뚜라미
밤 깊도록 서럽게
울고 있어라

휘황찬란한
추석 대보름달
바라다보니
잊힌 세월이어라

한 번 비껴서
바라다보니
일성일쇠 보이더라

아하, 어느새
흰 세월이구나
소망을 빌어 보리라.

* 귀틀마당 : 좁은 마당.
* 일성일쇠 : 한 번 성하고 한 번 쇠하는 일.

달(月)님께 물어 봐

물때를 알면
물고기를 저렴하게
사 먹을 수 있다

사리 물 때는
썰물과 밀물의 차이가
가장 큰 시기로
바닷물의 움직임이 크다
주꾸미, 꽃게 잘 잡힌다

조금 물때에는
바닷물이 잔잔하여
갈치, 고등어 잘 잡힌다

달님께 물어 봐
보름달 뜨거든
장가 갈 수 없다 한다.

* 물 때 : 밀물이 들어오는 때.
* 사리 물 때 : 음력 5월 5일 직후를 말한다.
* 조금(潮金) : 조수가 가장 낮은 때인 '음력 매달 초여드레와 스무사흘' 을 이르는 말

수원성

호국 정신 살아
숨쉬고 있는 수원성
장안문에서
서장대로 올라간다

적이 한꺼번에
공격할 것을 대비
암문(暗門) 안쪽 계단
양쪽을 두고
그 위에 다시 길 내어
수호할 수 있도록 했다

전투에 대비 성으로
구축한 조상의 지혜
세계 최고의 수준 높은
조국 수호의 현장이다

우리 역사 속에
길이 보존될 것이다.

* 화성(華城)은 경기도 수원시 장안구에 있는 성곽이다. 1963년 사적3호로 지정되었으며 1997년 유네스코 세계 문화유산으로 등록되었다.
* 암문(暗門) : 성루가 없는 성문.

팔달산 산책

이쳐대고 떠나는
가마한 바람 분다

지난 일들
이연지사 잊고
인간 밀림의
숲 속에서
잠시 벗어나 본다

팔달산 밑에
산책로 가는 길 따라서
서장대 올라
계단에 걸쳐 앉아
성 밖의 세상
변화하는 물결
남상남상 된다

정조 임금님
군사 정치 경제
어느 목적이나

효심 덕에
유네스코에
세계 문화유산으로
지정되자
찾는 이 많아졌다

서산마루로
남실남실
넘어가는 해
쳐다보노라니
삼고(三苦)에 잠긴다.

* 이쳐대고 : 가볍게 밀쳐대는.
* 가마한 바람 : 가만히 부는 바람.
* 이연지사 : 이미 그렇게 된 일.
* 남상남상 : 갸웃갸웃 넘겨다보는 모양.
* 남실남실 : 술이나 물이 너울너울 넘실거리는 모습.
* 삼고(三苦) : 고고(苦苦 : 인연으로 받는 괴로움), 괴고(壞苦 : 즐거운 일이 깨어진 결과로 받는 고통), 행고(行苦 : 무상한 유전 때문에 받는 고통)

만리포 해수욕장

기름유출 띠 벗고
악몽 딛고 선
만리포 해수욕장
인파로 북새통이다

바다는 가슴을 열고
만리포 드넓은 해변
하얀 속살 드러낸 채
다시 부활을 했다

탁 트인 쪽빛 바다
끝없는 고운 모래 위에
그림 그려 놓은
물결무늬 아름다웠다

언제 기름띠들이
몰려왔었느냐는 듯
바다는 푸르고
드넓은 백사장 곱디곱다.

* 대천, 변산, 만리포 서해안 3대 해수욕장의 하나다.

향토애 정신의 빼어난 서정적 이미지 작업

— 이기호 제4시집 《안성 남사당 바우덕이》의 작품세계

홍윤기
일본 센슈대 국문과(시문학) 문학박사
한국외국어대 '한국시' 담당교수

안성 출신 이기호 시인의 시집《안성 남사당 바우덕이》는 향토애 정신의 빼어난 서정적 이미지 작업으로 엮어지고 있다. 그와 동시에 전국의 수많은 그의 독자들에게도 공감대를 형성할 것으로 기대하면서 시작품 해설을 쓰기로 했다.

바우덕이 축제의 본고장인 안성은 공설운동장과 안성시내 곳곳에서 해마다 간단없이 다채로운 공연과 행사가 벌어지고 있어 각종 남사당놀이를 관람할 수 있는 우리나라의 대표적인 귀중한 전통 문화 예술로 이름난 고장이다.

그러기에 이기호 시인의 이번 시작업은 값진 평가를 받을 것으로 안다.

필자도 지지난 해 [열린 문화 마당] 축제기간에 안성에서만 볼 수 있는 남사당놀이 여섯 마당을 마음껏 즐겼다.

남녀 줄꾼 4명이 하루 4회 이상 줄타기를 계속하고 풍물놀이 · 덜미(인형극) · 덧뵈기(탈놀이)도 수시로 이어지는 등 참으로 알찬 구경이었다.

'바우덕이 축제' 하면 15세에 남사당패의 우두머리인 '꼭두쇠'가 되어 23세에 요절한 여성 '바우덕이(본명 金岩德)'를 기리는 전통 문화 예술 행사로서 전국에서 크게 주목 받아온다.

조선시대 유일무이한 여성 꼭두쇠였던 '안성 남사당패 바우덕이'의 예술혼을 기리고 남사당문화를 복원 전승하는 경기 [안성 시립 남사당 바우덕이 풍물단]의 활약 등등 각광 받아오는 중에 이제 이기호 시인의 시집《안성 남사당 바우덕이》는 머슴이었던 아버지가 병으로 앓아눕게 되자 아버지의 뜻을 이어 남사당패를 따라가게 된 바우덕이의 짧은 인생 행로를 현대시로써 승화시키고 있어 매우 뜻 깊은 시작업이다.

안성에는 청룡사라는 절이 있는데 이곳에 시주를 많이 했다는 바우덕이는 불운하게도 스물한 살 때 병을 얻어 스물세 살이 되던 해에 숨을 거두고 말았다고 한다. 그녀가 그 옛날 몸 담았던 '안성 남사당패'는 1989년 '제30회 전국민족예술경연대회'에서 영예의 대통령상을 받았고, 전국을 돌면서 공연을 계속하고 있으며, 2004년 초 안성 남사당 줄타기는 유럽 국가들과의 겨루기에서도 당당하게 1위를 차지하여 '기네스북'에 기록되는 기쁨도 누리게 되었다.

안성 청룡 바우덕이 소고만 들어도 돈 나온다.
안성 청룡 바우덕이 치마만 들어도 돈 나온다.
안성 청룡 바우덕이 줄 위에 오르니 돈 쏟아진다.
안성 청룡 바우덕이 바람결에 잘도 떠나간다.

이곳 청룡리 불당골에서 자라 기예를 닦고 닦았으니 모름지기 신기의 경지에 이르러 온 나라 안의 어디이고 다니면서 펼친 벅구 · 사당춤 · 줄타기 등은 그 재주가 너무나 뛰어나 모르는 이가 없이 유명하였노라. 그의 넋을 영원히 기리기 위하여 여기에 이 비를 세우노라.

이와 같이 각인된 '바우덕이 묘비명' 은 자못 감동적이다.

고향과 모정의 간절함을 알차게 묘사한 시편들을 함께 모아 제2부로 엮은 [장독대]편에서 이기호 시인은 〈안성 남사당 바우덕이〉의 향토사적 발자취를 다음처럼 절실하게 이미지화시키고 있어 남달리 주목을 끌고 있다.

안성의 강변
조선 말기 삼남지역
보부상 찾는 안성장
복원한 남사당 바우덕이
구경꾼을 모으는
태평소의 소리
굿거리장단에

맞추어 춤추고 있다

— 〈안성 남사당 바우덕이〉(제1연)

이렇듯 서장을 전개시키는 이기호 시인의 바우덕이에 대한 진실어린 훈모의 정은 안성 장터의 사람들과 장꾼들의 근면 성실하고 정다운 모습과 더불어 참답게 살다간 바우덕이의 이미지를 순결무구하게 메타포하고 있다.

이기호 시인은 모두 10연으로 세련되게 엮은 이 시편 말미에서는 '안성 남사당 바우덕이 놀음' 의 콘텐츠를 자세히 설명함으로써 독자에 대한 이해의 배려에도 힘쓰고 있다. 그 뿐 아니라 일반 독자가 이해하기 힘든 남사당 놀음의 용어들 등 이모저모 악기명에 이르기까지 용어풀이를 잘 하여 시를 이해시키는 데 힘쓴 점 등도 호감이 간다.

뜽따당~ 뜽따~
뜽따다다다~
24명 한 조를 이루어
원을 그려 가다가
자진장단으로 바꾸면
원 밖을 향해 돌아서서
고개 숙여 인사한다

깨갱~ 깽깽 징~ 징~

덩더꿍~ 덩더꿍~
뚜가닥 뚜가닥 둥. 두~
무동놀이요
깨갱~ 깽깽 징~ 징~
덩더꿍~ 덩더꿍~
뚜가닥 뚜가닥 둥. 두~
소고놀이며
덩더꿍~ 덩더꿍~
설장구놀이
어린 아이 어깨 위에
태우고 노는
기예 무동놀이다

단무동, 맞무동, 삼무동
오무동, 칠무동 놀이다
북상모, 채상모는
왼편에 두 바퀴
오른편에 두 바퀴씩
교대로 상모를 돌리고
12두발의 상모는
발 사이로 돌아가고
무동이는 춤추며
재주를 부린다

덩더꿍이 장단의 서곡이

3분 계속되다가
버나잡이와 매호 씨가
매화타령을 부른 다음
먹을 것도 없으니
대접이나 돌려보자
덩더꿍~ 덩더꿍~ 따딱
버나잡이가
주고받는 놀이
양좌우치기
단발령 넘는 사위
나무 하나로
하늘 높이
던지고 받아내는
다채로운 버나놀이
얼싸절싸 신바람 난다

잘하면 살 판이요
못하면 죽을 판이다
어릿광대와 땅 재주꾼
재담을 주고받는다
땅 재주 부리는 놀이로
삐리리~ 깨갱 깽깽
뚱기다닥 징~~~~
앞곤두 뒷곤두
덩~ 덩꿍, 덩~더꿍~~

자반 뒤집기 외팔걸음
앉은뱅이 모말되기
홍이 넘치는
풍물가락에 익살이 넘친다

어름사니는 여보게들
걸쭉한 잔치판에서
신명나게 놀다나! 가워
비틀비틀
부채 하나로 중심 잡고
아슬아슬
스릴과 서스펜스가 넘친다
얼씨구절씨구 지화자 좋다
안성의 강바람 가르며
새처럼 솟구쳐 오른다
사분사분
하얀 나비처럼
너울너울 춤추며 걷는다

덧뵈기 놀이는
얼럴럴럴~ 네기럴꺼~
괘갱깽갱~ 괘깅깽깽~
마당씻기 옴탈잡이
샌님잡이 먹중잡이
장쇠와 먹쇠가
재담 춤사위 탈춤 연회

해학적인 풍자
만담이 안성천
넓고 푸른 물결 따라
흐르는 떠돌이
노래 가락은
천지가 진동
굽이굽이 펼쳐진다

목덜미를 잡혀서 노는
꼭두각시놀이
박첨지 마당
평안감사 마당
위선적인 가면은 벗겨지고
조롱과 모욕당하는
그 모습에
통쾌한 웃음 쏟아놓는다

강물 따라 흐르는
떠돌이의 노래
안성 남사당 놀음
태평소의 굿거리장단에
온몸이 들썩들썩 춤추고
장생의 재담 나눔의 장
여섯 마당으로
남사당놀이 펼쳐진다.

— 〈안성 남사당 바우덕이〉(제2연~제10연)

이 시집의 제1부를 구성한 내용은 우리의 전통 모과차를 비롯하여 오미자차며 생강차, 계피차, 황기차 등등 한방 약효가 뛰어난 각종 차에 이르기까지 20가지 차를 이미지화하는 데 힘써서 괄목할 만하다.

흔히 시인들은 소재의 궁핍에 시달리기도 하는데 이렇듯 우리 한국인의 생활 속에 오랜 날 기여해 온 각종 차류를 현대시로써 형상화시키는 작업은 그 성패 여부를 떠나 매우 소중한 작업이 아닐 수 없다. 그 점은 바우덕이의 발자취와 더불어 한국인의 삶의 질적 향상을 아울러 추구하는 시너지 효과를 담고 있다.

강쇠바람 불어도
떨어지지 않는
그 끈기가 참 좋다

네 살은 단단하고
얼굴 쭈글쭈글
울퉁불퉁 못 생겼다

노랗게 익으면
바구니에 담아
자동차 안이나
거실에 놓아두면
은은한 향기 상쾌하다

신맛이 나서
맛이 없다 하나
신경통에 좋은
모과차를 마신다.

— 〈모과차〉 전문

이렇듯 서두에 등장한 〈모과차〉는 "네 살은 단단하고/ 얼굴 쭈글쭈글/ 울퉁불퉁 못 생겼다" (제2연)는 유머러스한 알레고리 속에 시인의 모과의 생태에 대한 애틋한 정을 새타이어하는 그 풍유 솜씨가 비범치 않다.

비록 생김새는 못났으나 사람의 몸에 이로운 약효와 자양분을 듬뿍 지니고 있으니 인간을 위한 그 공헌도는 다대하다는 메타포가 아니런가. 뻰뻰스러움보다는 우직스러움이 삶의 진실로서의 필로소피가 멋스럽게 여과된 가편이다.

올망졸망한
빨간 구슬
매달려 있다

타오르는
붉은 열매는
내 눈을 불태운다

다섯 가지 맛
시고 쓰고 달고
맵고 짠맛을 마신다

기억력 감퇴
시력 감퇴
천식에 좋아 마신다.

— 〈오미자차〉 전문

두 번 째 등장한 〈오미자차〉는 또 어떤 존재런가. "타오르는/ 붉은 열매는/ 내 눈을 불태운다"(제2연)는 강렬한 정념적 메시지가 매우 뛰어나다. 새빨간 오미자 열매에 대한 시인의 뛰어난 감각은 "내 눈을 불태운다"고 하는 메시지로 하여 판타지를 통한 현실 세계에로의 전환수법이 뛰어난 전개를 하고 있다. 그야말로 이 판타지(fantasy/환상)적 전개는 여느 서정시인들에게서 좀처럼 찾아볼 수 없는 시의 새로운 미학과 접목시키는 현실적 리얼리티(reality/진실성)의 조화로운 시적 구상화(具象化)라고 평가하게 된다.

이기호 시인의 시언어에는 지시적(指示的) 기능과 환기적(喚起的) 기능이 상호 작용하고 있다. 이기호 시인은 서정 이미지가 강한 잘 다듬어진 역동적 시어와 함께 능수능란한 메타포의 솜씨로써 뛰어난 테크닉을 발휘하는 절창을 형상화시켰다.

마지막 연에서는 오미자의 훌륭한 약효를 제시하면서

끝으로 주를 달아서 '당뇨병에 좋다' 고 하는 적극적인 설명으로 독자들에게 오미자로써 건강에 힘쓰도록 배려하는 인간애 정신도 보여 훈훈함을 더해 준다. 시가 단순히 아름다움을 노래한다는 심플한 언어 표현에 그친다면 문학적 성취는 오래지 못할 것이다. 그렇다고 교육이다, 교훈을 나열하라는 것은 아니며 참으로 짧은 시 이미지의 행간 속에서 무엇인가 참다운 삶의 가치를 형성시키는 데서 명시의 세계는 엮어지기 마련이다.

제2부 [장독대] 시편은 어머니에 대한 효심 어린 사랑이 넘치는 우리 농촌의 소박한 삶의 풍정이 서정적으로 잔잔하고 따사롭게 엮어진다. 서두의 〈어머니 심부름〉을 감상해 본다.

어머니
부르시어 갔더니
장을 보고
오라 하시네

갈치, 미역
잘 살펴보고
사오라 하시네

심만의족하신지
웃음지시더니
너 내일 생일이야
잘 먹자 하시네

어머니는
신학삼덕의 마음
함박웃음 그윽하구나.

— 〈어머니 심부름〉 전문

어머니의 사랑이 하해 같다는 관념적인 설명을 떠올려 볼 때 "심만의족하신지/ 웃음지시더니/ 너 내일 생일이야/ 잘 먹자 하시네"(제3연)로써 독자는 누구나 가슴 뭉클해졌을 것이다.

시는 교훈이거나 더욱이 철학이 아닌 언어의 노래라는 것을 표본적으로 엮어낸 "너 내일 생일이야"는 또 하나의 이 시집의 시 이미지 창출의 절창이다. 시인들이 숫자로써 많은 시를 쓰기보다는 우리의 인생과 삶의 울타리에서 수많은 독자들에게 감동을 줄 수 있는 시를 평생에 과연 몇편이나 쓸 수 있느냐가 그 관건이 아닌가 여길 때, 이기호 시인의 이번 제4시집은 그의 문학적인 성공도를 드높이고 있다고 평가하게 한다.

이기호 시집의 시편들을 전체적으로 살필 때, 화자는 짙은 서정적 표현을 심볼리즘(symbolism)의 상징적 기교로써 시적 미감(美感)을 두드러지게 형상화시키고 있다. 앞에서도 살폈듯이 차원 높은 각성을 촉구하고 있는 보기 드문 작품들이 여러 편이다.

다시 말하면 이기호 시인은 이 시집에서 서정미 넘치는 시를 통하여 삶의 참다운 행동 양식, 더 나아가 삶의 영원한 가치를 창조하려는 진지한 삶의 비전(vision/未來像)을 다양하게 제시하고 있다는 것이 주목된다.

앞으로도 꾸준한 시어 탁마 속에 한국시단을 빛내줄 것을 기대한다.

이기호 제4시집

안성 남사당 바우덕이

•

지은이 / 이기호
펴낸이 / 김재엽
펴낸곳 / 한누리미디어
디자인 / 지선숙

•

121-840, 서울시 마포구 서교동 395-13 서원빌딩 2층
전화 / (02)379-4514, 379-4519
Fax / (02)379-4516
E-mail/hannury2003@hanmail.net

•

신고번호 / 제300-2006-61호
등록일 / 1993. 11. 4

•

초판발행일 / 2008년 12월 30일

•

•

값 7,000원

•

•

ISBN 978-89-7969-333-1 03810